面朝大海，春暖花开
海子的诗

海子 著　李元胜 选编

中国画报出版社·北京

图书在版编目（CIP）数据

面朝大海，春暖花开：海子的诗 / 海子著；李元胜选编. -- 北京：中国画报出版社，2018.7（2019.2重印）
ISBN 978-7-5146-1640-8

Ⅰ.①面… Ⅱ.①海…②李… Ⅲ.①抒情诗—诗集—中国—当代 Ⅳ.①I227.2

中国版本图书馆CIP数据核字(2018)第155059号

面朝大海，春暖花开：海子的诗
海子　著　李元胜　选编

出 版 人：于九涛
责任编辑：郭翠青
插　　图：海　子
责任印制：焦　洋

出版发行：中国画报出版社
地　　址：中国北京市海淀区车公庄西路33号　邮编：100048
发 行 部：010-68469781　010-68414683（传真）
总编室兼传真：010-88417359　版权部：010-88417359

开　　本：32开（880mm×1230mm）
印　　张：7
字　　数：160千字
版　　次：2018年8月第1版　2019年2月第2次印刷
印　　刷：三河市龙大印装有限公司
书　　号：ISBN 978-7-5146-1640-8
定　　价：38.00元

目 录

I / 编者的话

1 / 亚洲铜

3 / 阿尔的太阳

5 / 新娘

7 / 煤堆

8 / 春天的夜晚和早晨

10 / 历史

13 / 妻子和鱼

15 / 思念前生

17 / 手

18 / 活在这珍贵的人间

19 / 主人

20 / 浑曲

21 / 你的手

23 / 得不到你

25 / 房屋

28 / 熟了麦子

30 / 我请求：雨

32 / 明天醒来我会在哪一只鞋子里

34 / 夜月

36 / 城里

39 / 麦地

43 / 我坐在一棵木头中

44 / 村庄

45 / 歌：阳光打在地上

47 / 在昌平的孤独

49 / 春天（断片）

55 / 半截的诗

56 / 爱情诗集

57 / 幸福（或我的女儿叫波兰）

59 / 让我把脚丫搁在黄昏中一位木匠的工具箱上

61 / 八月尾

63 / 葡萄园之西的话语

65 / 黄昏

66 / 小站

69 / 果园

70 / 感动

72 / 给萨福

74 / 给安徒生（组诗）

75 / 给卡夫卡

76 / 莫扎特在《安魂曲》中说

77 / 天鹅

79 / 不幸

80 / 谣曲（四首）

83 / 给B的生日

84 / 我感到魅惑

86 / 怅望祁连（之一）

88 / 七月不远

90 / 敦煌

92 / 九月

93 / 雨鞋

94 / 黎明：一首小诗

95 / 九首诗的村庄

96 / 粮食两节

98 / 日出

100 / 水抱屈原

101 / 病中的酒

103 / 诗人叶赛宁（组诗）

114 / 北方的树林

116 / 灯

119 / 野鸽子

121 / 汉俳（节选）

123 / 五月的麦地

124 / 麦地（或遥远）

127 / 麦地与诗人

129 / 幸福的一日

130 / 献诗

132 / 十四行：夜晚的月亮

134 / 十四行：玫瑰花园

136 / 秋日山谷

137 / 秋

138 / 八月之杯

139 / 八月　黑色的火把

140 / 秋日黄昏

143 / 秋

144 / 祖国（或以梦为马）

147 / 一滴水中的黑夜

149 / 夜色

150 / 生日

152 / 太阳和野花

158 / 酒杯：情诗一束

160 / 栽枣树

162 / 海底卧室

163 / 远方

165 / 在大草原上预感到海的降临

167 / 黑翅膀

169 / 七百年前

170 / 西藏

171 / 青海湖

174 / 绿松石

175 / 山楂树

177 / 日记

179 / 无名的野花

181 / 花儿为什么这样红

183 / 上山的孩子

186 / 遥远的路程

188 / 面朝大海，春暖花开

190 / 折梅

191 / 神秘的二月的时光

192 / 黎明（之一）

193 / 黎明（之二）

195 / 四姐妹

197 / 酒杯

198 / 纸鸢

199 / 春天，十个海子

201 / 太平洋上的贾宝玉

202 / 小树林

204 / 太平洋的献诗

206 / 黑夜的献诗

208 / 太阳·诗剧（片断）

编者的话

应好友刘玮和她服务的出版社的邀请,我答应选编一本海子诗选,于是抽出时间系统地重新研读海子的作品,我要根据自己的阅读经验,为读者找到最应该集中到一本书里的海子的最好诗作。

作为海子同时代的诗人,重新读着这些隔着近30年时间的文本,不啻是一次波澜壮阔的时间旅行,恰恰由于隔着一些时光,熟悉的文本上,我又读到很多新的惊喜——之前没有注意到的特征和细节,为这些文本带来了更有意思的解读。我记得2000年左右,深感自己没有系统研读过同时代的国内诗人,决心补上这一课,于是花时间研读了一批中国诗人的作品,其中就有海子。那次阅读我印象最深的是海子的抒情能力,在他的诗中万物均有自己的秘密歌喉,而只有海子对此了如指掌,他的早期诗歌就在现代诗歌的音乐性方面做出了有益的探索。

从1984年写出《亚洲铜》等作品开始,海子就像突破种种障碍,独自开掘了一个藏量惊人的地下油田,他加速地疯狂写作,源源不断地向诗坛输送着来自另一个故乡的诗篇。我提到"独自"这个词，并不意味着他的写作孤悬在20世纪80年代的中国诗歌写作之外，恰恰相反，它们是风起云涌的现代诗写作最耀眼的一部分。他比同时期的写作者更透彻地感觉到另一个故乡在写作资源上的价值。

我们是逐渐失去田园写作背景的一代人，城市化的进程，不仅发生在乡村变成城市的街道或工业化园区，更发生在我们的内心。即使我们置身于壮丽的山川河流，即使我们身边仍有柴扉瓜田、野溪小桥，但我们心中已不再有唐朝文人的画意和心境。海子对这种丧失最为敏感，他是逐渐消逝的中国乡村的代言人，也是沉沦中的众多事物的代言人。所以，古典的乡村早已下沉，下沉到地下看不见的某处，成为他的诗歌寻找的另一个故乡。

作为一个诗人，代表着伟大文化传统的古典乡村和眼前伤痕累累的乡村，交替地在他身上发挥作用，让他成为一棵开满了花的樱花树，花朵如鲜嫩朝露，却承受着两个乡村撕裂的苦楚。

> 过完了这个月，我们打开门
> 一些花开在高高的树上
> 一些果结在深深的地下
>
> ——《新娘》1984.7

我就是在这首诗中读到樱花树一样的海子的，花和果有可能并不出现在同一个乡村里，这是时代的乡愁。

在20世纪80年代的诗歌写作中，寻找失去的乡村、失去的传统文化，一直是一个重要的公共写作命题，诗歌界的寻找并不孤独，后来小说界跟进，产生了寻根主题的写作潮流。

追溯传统，反思我们丧失或忽略的珍贵遗产，看起来和整个中国大地的城市化现代化背向而行，其实，这恰恰是现代化进程的重要环节。现代化并不是重造一个大地，而是竭力看清并审视破旧的大地，在人类的故乡里找到最有价值的部分，并和它们一起艰难前行。

和其他同行相比，海子更单纯也更敏锐，他找到了另一个故乡的存在形式，那就是麦地。麦地的绿黄交替，那些像紧闭着的眼睛一样的麦粒，以及它们中间那道深深的伤口，都给了他无穷无尽的灵感。麦地不仅是今天的亲人们的生活之所，也是神和所有失去的亲人们仍然居住的地方。海子的麦地，博大、神秘而又温情，因为它融汇、吸纳了在中国大地上游荡了千年之久的民间精神和丰富多彩的人文想象。它甚至是世界性的："我们各自领着/尼罗河，巴比伦或黄河/的孩子，在河流两岸/在群蜂飞舞的岛屿或平原/洗了手/准备吃饭"（《麦地》1985.6）海子的麦地，尽管是东方的、中国的，但却没有和世界隔离，在麦地里，行走着世界各地的孩子和他们的神，甚至收容了那些生命短促的异国艺术天才。

从1984年至1989年，海子以极高的语言天赋，令人惊叹的诗歌技艺，对以麦地为代表的另一个故乡进行了包围式的写作，在这个过程中，他不仅发明了麦地等重要意象，还发明了一系列个人的造句、诗歌结构方式，20世纪80年代的抒情诗在文本上被他推向一个时代的极致。在万物消逝的悲伤背景下，他写出了大量的经典名篇。这些名篇有颂歌，有乡愁，有爱的谜题，有对美好世界的愿景，而穿插在这些内容里的即兴闲笔，更是恣意纵横，忽入幽径。在研读文本时，必须把它们和主题结合在一起，才能读到文本的更多层次。好的诗歌，即使诗人在写作时有预设，也可以凭借直觉随时超出预设，来到全新的天地中。海子式的写作，恰恰就是这样，即兴闲笔，不止是产生对预设文本的"破框"效果，让它疏朗透气，更提供了远比明确的主题更重要的命题，其中不乏对存在本身的精彩演绎和理解。也只有这样，你才能明白，海子的诗歌里，为什么会有一些矛盾甚至自我冲突的写法，你必须退后一步，才能读懂这些文本整体上的意义。

　　由于信任自己的阅读经验，这本诗选可能有别于之前的选本，针对海子的包围式的写法，我牺牲了很多精彩但是却和其他文本重叠的诗篇，代替它们的是之前被低估的一些作品，这些作品在三十年后更显特别，令我怦然心动。为了提高阅读效率，有些组诗，我只选择了最有价值的单首。而长诗，我也只选择了一个不容错过的精彩片断。读得不过瘾的读者，可以去寻找全本进行延伸阅读。我也同时研究了市场上能找到的海子诗歌选本，这些选本在选编过程中，发现并订正了一些笔误或别字，我也在谨慎的对比后做了取舍。

　　海子诗歌是非常浩瀚的，编完本书我惴惴不安，生怕选本陷入自己的偏好和误读之中，于是又整体和《海子诗全编》（西川编，上海三联书店出版）尽量客观地对比、研读了两遍，才稍稍心安，有了勇气让这个选本去接受读者们的检验和校正。

李元胜
2018年4月28日于重庆溯源居

亚洲铜

亚洲铜,亚洲铜
祖父死在这里,父亲死在这里,我也将死在这里
你是唯一的一块埋人的地方

亚洲铜,亚洲铜
爱怀疑和爱飞翔的是鸟,淹没一切的是海水
你的主人却是青草,住在自己细小的腰上,守住野花
　的手掌和秘密

亚洲铜,亚洲铜
看见了吗?那两只白鸽子,它是屈原遗落在沙滩上的
　白鞋子
让我们——我们和河流一起,穿上它吧

亚洲铜,亚洲铜

击鼓之后,我们把在黑暗中跳舞的心脏叫作月亮
这月亮主要由你构成

1984.10

阿尔的太阳[①]
——给我的瘦哥哥

一切我所向着自然创作的,是栗子,从火中取出来的。啊,那些不信仰太阳的人是背弃了神的人。

——凡·高致其弟泰奥书信

到南方去
到南方去
你的血液里没有情人和春天
没有月亮
面包甚至都不够
朋友更少
只有一群苦痛的孩子,吞噬一切
瘦哥哥凡·高,凡·高啊

[①] 阿尔系法国南部一小镇,凡·高在此创作了七八十幅画,这是他的黄金时期。——海子自注

从地下强劲喷出的
火山一样不计后果的
是丝杉和麦田
还是你自己
喷出多余的活命的时间
其实,你的一只眼睛就可以照亮世界
但你还要使用第三只眼,阿尔的太阳
把星空烧成粗糙的河流
把土地烧得旋转
举起黄色的痉挛的手,向日葵
邀请一切火中取栗的人
不要再画基督的橄榄园
要画就画橄榄收获
画强暴的一团火
代替天上的老爷子
洗净生命
红头发的哥哥,喝完苦艾酒
你就开始点这把火吧
烧吧

1984.4

新娘

故乡的小木屋、筷子、一缸清水
和以后许许多多日子
许许多多告别
被你照耀

今天
我什么也不说
让别人去说
让遥远的江上船夫去说
有一盏灯
是河流幽幽的眼睛
闪亮着
这盏灯今天睡在我的屋子里

过完了这个月，我们打开门

一些花开在高高的树上
一些果结在深深的地下

1984.7

煤堆

煤堆
闯进冬天的
黑色主人
拉着大家的手
径直走进房屋

火
闪着光

把病牛牵进来！
它像一片又瘦又长的树叶
落上稻草：唉，这没有泥土的日子
但是煤说：
火
闪着光

1984.11

春天的夜晚和早晨

夜里
我把古老的根
背到地里去
青蛙绿色的小腿月亮绿色的眼窝
还有一枚绿色的子弹壳，绿色的
在我脊背上
纷纷开花

早晨
我回到村里
轻轻敲门
一只饮水的蜜蜂
落在我的脖子上
她想
我可能是一口高出地面的水井
妈妈打开门

隔着水井
看见一排湿漉漉的树林
对着原野和她
整齐地跪下
妈妈——他们嚷着——
妈妈

1984.10

历史

我们的嘴唇第一次拥有
蓝色的水
盛满陶罐
还有十几只南方的星辰
火种
最初忧伤的别离

岁月呵

你是穿黑色衣服的人
在野地里发现第一枝植物
脚插进土地
再也拔不出
那些寂寞的花朵
是春天遗失的嘴唇

岁月呵,岁月

公元前我们太小
公元后我们又太老
没有人见到那一次真正美丽的微笑
但我还是举手敲门
带来的象形文字
撒落一地

岁月呵
岁月

到家了
我缓缓摘下帽子
靠着爱我的人
合上眼睛
一座古老的铜像坐在墙壁中间
青铜浸透了泪水

岁月呵

1984

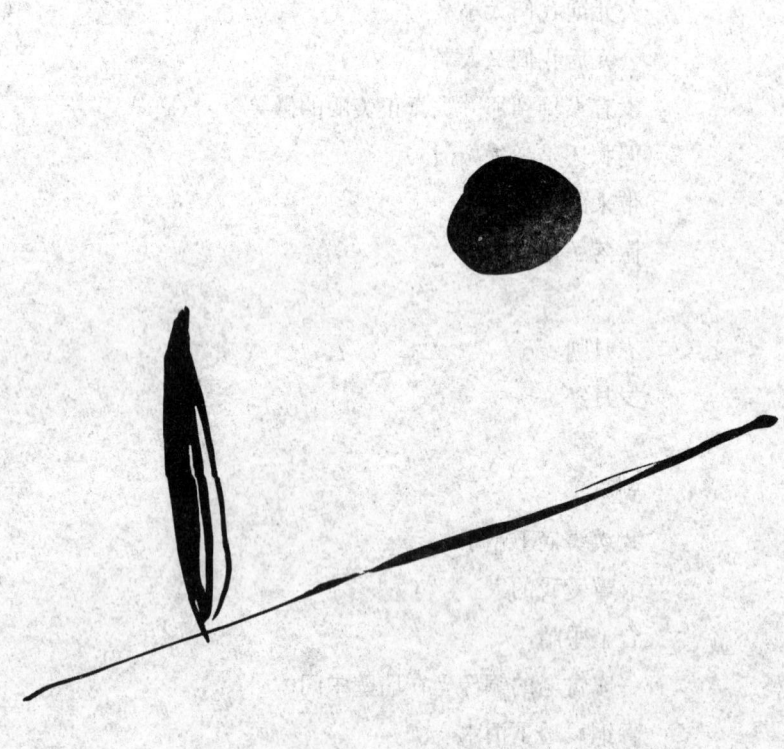

妻子和鱼

我怀抱妻子
就像水儿抱鱼
我一边伸出手去
试着摸到小雨水,并且嘴唇开花

而鱼是哑女人
睡在河水下面
常常在做梦中
独自一人死去

我看不见的水
痛苦新鲜的水
流过手掌和鱼
流入我的嘴唇

水将合拢

爱我的妻子
小雨后失踪
水将合拢

没有人明白她水上
是妻子水下是鱼
或者水上是鱼
水下是妻子

离开妻子我
自己是一只
装满淡水的口袋
在陆地上行走

思念前生

庄子在水中洗手
洗完了手,手掌上一片寂静
庄子在水中洗身
身子是一匹布
那布上沾满了
水面上漂来漂去的声音

庄子想混入
凝望月亮的野兽
骨头一寸一寸
在肚脐上下
像树枝一样长着

也许庄子就是我
摸一摸树皮
开始对自己的身子

亲切
亲切又苦恼
月亮触到我

仿佛我是光着身子
光着身子
进出

母亲如门，对我轻轻开着

手[①]

离开劳动
和爱情,我的手
变成自我安慰的狗
这两只狗
一样的
孤独
在我脸上摸索
擦掉泪水
这是不是我的狗
是不是我最后的家乡的狗?

[①] 选自组诗《燕子和蛇》。——编者注

活在这珍贵的人间

活在这珍贵的人间
太阳强烈
水波温柔
一层层白云覆盖着
我
踩在青草上
感到自己是彻底干净的黑土块

活在这珍贵的人间
泥土高溅
扑打面颊
活在这珍贵的人间
人类和植物一样幸福
爱情和雨水一样幸福

1985.1.12

主人

你在渔市上
寻找下弦月
我在月光下
经过小河流

你在婚礼上
使用红筷子
我在向阳坡
栽下两行竹

你的夜晚
主人美丽
我的白天
客人笨拙

1985.1

浑曲

妹呀

竹子胎中的儿子
木头胎中的儿子
就是你满头秀发的新郎

妹呀

晴天的儿子
雨天的儿子
就是滚遍你身体的新娘

妹呀

吐出香鱼的嘴唇
航海人花园一样的嘴唇
就是咬住你的嘴唇

你的手

北方
拉着你的手
手
摘下手套
她们就是两盏小灯

我的肩膀
是两座旧房子
容纳了那么多
甚至容纳过夜晚
你的手
在他上面
把他们照亮

于是有了别后的早上
在晨光中

我端起一碗粥
想起隔山隔水的
北方
有两盏灯

只能远远地抚摸

1985.2

得不到你

得不到你
我用河水做成的妻子
得不到你
我的有弱点的妇女

得不到你
妻子滑动河水
情意泥沙俱下

其余的家庭成员俯伏在锅勺上
得不到你
有弱点的爱情

我们确实被太阳烤焦,秋天内外
我不能再保护自己
我不能再

让爱情随便受伤

得不到你
但我同时又在秋天成亲
歌声四起

1985.11.11

房屋

你在早上
碰落的第一滴露水
肯定和你的爱人有关
你在中午饮马
在一枝青丫下稍立片刻
也和她有关
你在暮色中
坐在屋子里,不动
还是与她有关

你不要不承认

巨日消隐,泥沙相合,狂风奔起
那雨天雨地哭得有情有意
而爱情房屋温情地坐着

遮蔽母亲也遮蔽儿子

遮蔽你也遮蔽我

1985

熟了麦子

那一年
兰州一带的新麦
熟了

在水面上
混了三十多年的父亲
回家来

坐着羊皮筏子
回家来了

有人背着粮食
夜里推门进来

油灯下
认清是三叔

老哥俩
一宵无言

只有水烟锅
咕噜咕噜

谁的心思也是
半尺厚的黄土
熟了麦子呀!

1985.1.20

我请求：雨

我请求熄灭
生铁的光、爱人的光和阳光
我请求下雨
我请求
在夜里死去

我请求在早上
你碰见
埋我的人

岁月的尘埃无边
秋天
我请求：
下一场雨
洗清我的骨头

我的眼睛合上
我请求:
雨
雨是一生过错
雨是悲欢离合

1985.3

明天醒来我会在哪一只鞋子里

我想我已经够小心翼翼的
我的脚趾正好十个
我的手指正好十个
我生下来时哭几声
我死去时别人又哭
我不声不响地
带来自己这个包袱
尽管我不喜爱自己
但我还是悄悄打开

我在黄昏时坐在地球上
我这样说并不表明晚上
我就不在地球上
早上同样
地球在你屁股下
结结实实

老不死的地球你好

或者我干脆就是树枝
我以前睡在黑暗的壳里
我的脑袋就是我的边疆
就是一颗梨
在我成形之前
我是知冷知热的白花

或者我的脑袋是一只猫
安放在肩膀上
造我的女主人荷月远去
成群的阳光照着大猫小猫
我的呼吸
一直在证明
树叶飘飘

我不能放弃幸福
或相反
我以痛苦为生
埋葬半截
来到村口或山上
我盯住人们死看：
呀，生硬的黄土，人丁兴旺

1985.6.6

夜月

一扇又一扇门
推开树林
太阳把血
放入灯盏

河静静卧在
人的村庄
人居住的地方
人的门环上

鸟巢挂在
离人间八尺
的树上
我仿佛离人间二丈

一切都原模原样

一切都存入
人的
世世代代的脸，一切不幸

我仿佛
一口祖先们
向后代挖掘的井
一切不幸都源于，我幽深的水

1985.6.19

城里

面对棵棵绿树
坐着
一动不动
汽车声音响起在
脊背上
我这就想把我这
盖满落叶的旧外套
寄给这城里
任何一个人
这城里
有我的一份工资
有我的一份水
这城里
我爱着一个人
我爱着两只手
我爱着十只小鱼

跳进我的头发
我最爱煮熟的麦子
谁在这城里快活地走着
我就爱谁

1985

麦地

吃麦子长大的
在月亮下端着大碗
碗内的月亮
和麦子
一直没有声响

和你俩不一样
在歌颂麦地时
我要歌颂月亮

月亮下
连夜种麦的父亲
身上像流动金子

月亮下
有十二只鸟

飞过麦田
有的衔起一颗麦粒
有的则迎风起舞，矢口否认

看麦子时我睡在地里
月亮照我如照一口井
家乡的风
家乡的云
收聚翅膀
睡在我的双肩

麦浪——
天堂的桌子
摆在田野上
一块麦地

收割季节
麦浪和月光
洗着快镰刀

月亮知道我
有时比泥土还要累
而羞涩的情人
眼前晃动着
麦秸

我们是麦地的心上人
收麦这天我和仇人
握手言和
我们一起干完活
合上眼睛,命中注定的一切
此刻我们心满意足地接受

妻子们兴奋地
不停用白围裙
擦手

这时正当月光普照大地。
我们各自领着
尼罗河、巴比伦或黄河
的孩子 在河流两岸
在群蜂飞舞的岛屿或平原
洗了手
准备吃饭

就让我这样把你们包括进来吧
让我这样说
月亮并不忧伤
月亮下
一共有两个人

穷人和富人
纽约和耶路撒冷
还有我
我们三个人
一同梦到了城市外面的麦地
白杨树围住的
健康的麦地
健康的麦子
养我性命的妻子!

1985.6

·面朝大海　春暖花开·

我坐在一棵木头中

我坐在一棵木头中，如同多年没有走路的瞎子
忘却了走路的声音
我的耳朵是被春天晒红的花朵和虫豸

村庄

村庄,在五谷丰盛的村庄,我安顿下来
我顺手摸到的东西越少越好!
珍惜黄昏的村庄,珍惜雨水的村庄
万里无云如同我永恒的悲伤

1986

歌：阳光打在地上

阳光打在地上
并不见得
我的胸口在疼
疼又怎样
阳光打在地上

这地上
有人埋过羊骨
有人运过箱子、陶瓶和宝石
有人见过牧猪人，那是长久的漂流之后
阳光打在地上，阳光依然打在地上

这地上
少女们多得好像
我真有这么多女儿
真的曾经这样幸福

用一根水勺子
用小豆、菠菜、油菜
把她们养大
阳光打在地上

1986

在昌平的孤独

孤独是一只鱼筐
是鱼筐中的泉水
放在泉水中

孤独是泉水中睡着的鹿王
梦见的猎鹿人
就是那用鱼筐提水的人

以及其他的孤独
是柏木之舟中的两个儿子
和所有女儿,围着诗经桑麻沅湘木叶
在爱情中失败
他们是鱼筐中的火苗
沉到水底

拉到岸上还是一只鱼筐
孤独不可言说

1986

春天（断片）

0.

一匹跛了多年的
红色小马
躺在我的小篮子里
故乡晴空万里
故乡白云片片
故乡水声汩汩
我的红色小马躺在小篮子里
就像我手心的红果实
听不见窗户下面
生锈的声音

就像一把温暖的果实

1.

我的头随草起伏
如同纸糊的歪灯
我的胳膊是
一条运猫的小船
停在河岸
一条草
看见走过来的
干净的身子
不多

2.

远方寂寞的母亲
也只有依靠我这
负伤的身体。母亲
望着猎户消匿的北方
刮断梅花
窗户长久地存满冰块
村子中间
淘井的门前
说话的依旧在轻声说话
树林中孤独的父亲
正对我的弟弟细细讲清：
你去学医

因为你哥哥
那位受伤的猎户
星星在他脸上
映出船样的伤疤

3.

两个温暖的水勺子中
住着一对旧情人

4.

突然想起旧砖头很暖和
想起河里的石子
磨过森林的古鹿之唇
想起青草上花朵如此美丽如此平庸
背对着短树枝
你只有泪水没有言语

而我
手缠树叶
春天的阳光晒到马尾
马的屁股温暖得像一块天上落下的石头

5.

春天是农具所有者的春天

长花短草
贴河而立

这些都是在诗人的葬礼上
隔水梦见一扇门

诗人家中的丑丫头
嫁在南山上

6.

最后的夜雪如孩
手指拨开水
我就在这片乌黑的屋顶上坐下
是不是这片村庄
是不是这个夜晚
有人在头顶扔下
一匹蓝色大马
就把我埋在
这匹蓝色大马里

7.

有伤的季节
拖着尾巴
来到

·面朝大海 春暖花开·

大家来到
我肉体的外面

1986

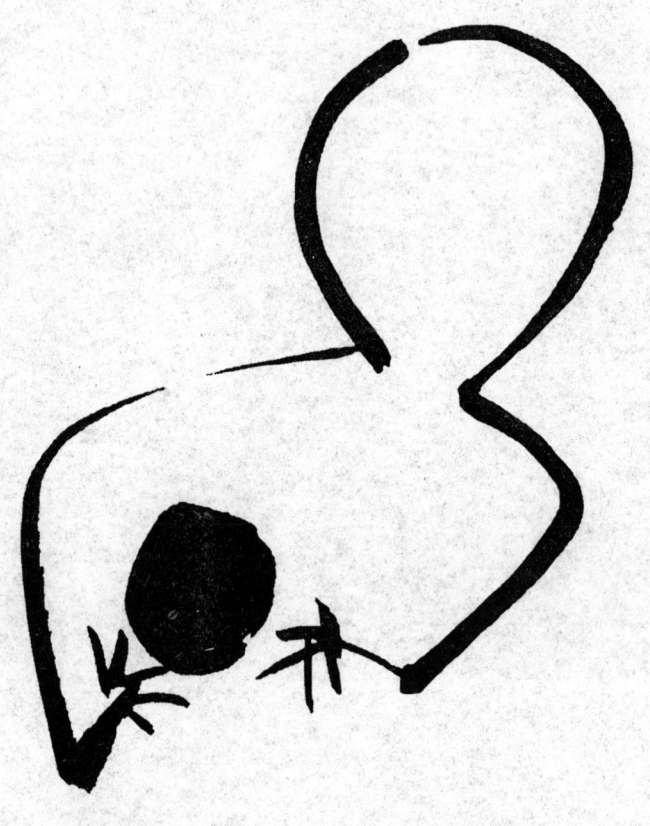

半截的诗

你是我的
半截的诗
半截用心爱着
半截用肉体埋着
你是我的
半截的诗
不许别人更改一个字

爱情诗集

坐在烛台上
我是一只花圈
想着另一只花圈
不知道何时献上
不知道怎样安放

幸福

（或我的女儿叫波兰）

当我俩同在草原晒黑
是否饮下这最初的幸福　最初的吻

当云朵清楚极了
听得见你我嘴唇
这两朵神秘火焰

这是我母亲给我的嘴唇
这是你母亲给你的嘴唇
我们合着眼睛共同啜饮
像万里洁白的羊群共同啜饮

当我睁开双眼
你头发散乱
乳房像黎明的两只月亮

在有太阳的弯曲的木头上
晾干你美如黑夜的头发

1986(?)

让我把脚丫搁在黄昏中一位木匠的工具箱上

      我坐在中午,苍白如同水中的鸟
      苍白如同一位户内的木匠
      在我钉成一支十字木头的时刻
      在我自己故乡的门前
      对面屋顶的鸟
      有一只苍老而死

      是谁说,寂静的水中,我遇见了这只苍老的鸟

      就让我歇脚在马厩之中
      如果不是因为时辰不好
      我记得自己来自一个更美好的地方
      让我把脚丫搁在黄昏中一位木匠的工具箱上
      或者让我的脚丫在木匠家中长成一段白木
      正当鸽子或者水中的鸟穿行于未婚妻的腹部

我被木匠锯子锯开,做成木匠儿子
的摇篮。十字架

1986.6.15

八月尾

即使我是一个粗枝大叶的人
我也看见了红豹子、绿豹子

当流水淙淙
八月的泉水
穿越了山冈
月亮是红豹子
树林是绿豹子
少女是你们俩
生下的花豹子
既使我是一个粗枝大叶的人
少女,树林中
你也藏不住了

八月尾,树林绿,月亮红
不久我将看到树叶落了

栗树底下
脊背上挂着鹌鹑的人
少女,无论如何
粗枝大叶的人
看见你啦

1986.8.20夜

葡萄园之西的话语

也好
我感到
我被抬向一面贫穷而圣洁的雪地
我被种下，被一双双劳动的大手
仔仔细细地种下

于是，我感到所罗门的帐幔被一阵南风掀开
所罗门的诗歌
一卷卷
滚下山腰
如同泉水
打在我脊背上

涧中黑而秀美的脸儿
在我的心中埋下。也好

我感到我被抬向一面贫穷而圣洁的雪地
你这女子中极美丽的，你是我的棺材，我是你的棺材

1986.8.25

黄昏

是有黄昏
是有流云下汲水的村姑
是有一朵朵开在原野上小树淡紫的
微笑
只要举起你的视线
还会有雀语的秀气
还会有炊烟散后暮色的横阔。匆忙的
是天色和晚星
灯火全都兴高采烈
你也兴高采烈
往往还采取爽朗的一种姿势
伸出胳膊去

1983

小站
——毕业歌

我年纪很轻
不用向谁告别
有点感伤
我让自己静静地坐了一会儿

然后我出发
背上黄挎包
装有一本薄薄的诗集
书名是一个僻静的小站名

小站到了
一盏灯淡得亲切
大家在熟睡
这样　我是唯一的人
拥有这声车鸣

它在深山散开
唤醒一两位敏感的村民
并得到隐约的回声
不用问
我们已相识
对话中成为真挚的朋友
向你们诉愿
是自自然然的事

我要到草原去
去晒黑自己
晒黑日记蓝色的封皮

去吧,朋友
那片美丽的牧场属于你
朋友,去吧

1983

果园

鹿的眼
两扇有婴儿啼哭
的窗户。沉积在
有河水的果园中
鹿的角
打下果实
打下果实中
劳动的妇人
体内美如白雪的婴儿
已被果园的火光
烧伤。妇人依然
低坐
比果树
比鹿
比夜晚
更低。更沉
比谷地更黑

感动

早晨是一只花鹿
踩到我额上
世界多么好
山洞里的野花
顺着我的身子
一直烧到天亮
一直烧到洞外
世界多么好

而夜晚,那只花鹿
的主人,早已走入
土地深处,背靠树根
在转移一些
你根本无法看见的幸福
野花从地下
一直烧到地面

野花烧到你脸上
把你烧伤

世界多么好
早晨是山洞中
一只踩人的花鹿

1986

给萨福

美丽如同花园的女诗人们
相互热爱,坐在谷仓中
用一只嘴唇摘取另一只嘴唇

我听见青年中时时传言道:萨福

一只失群的
钥匙下的绿鹅
一样的名字。盖住
我的杯子

托斯卡尔的美丽的女儿
草药和黎明的女儿
执杯者的女儿

你野花

的名字
就像蓝色冰块上
淡蓝色的清水溢出

萨福萨福
红色的云缠在头上
嘴唇染红了每一片飞过的鸟儿
你散着身体香味的
鞋带被风吹断
在泥土里

谷色中的嘤嘤之声
萨福萨福
亲我一下

你装饰额角的诗歌何其甘美
你凋零的棺木像一盘美丽的
棋局

给安徒生（组诗）

1.

让我们砍下树枝做好木床

一对天鹅的眼睛照亮
一块可供下蛋的岩石

让我们砍下树枝做好木床
我的木床上有一对幸福天鹅
一只匆匆下蛋，一只匆匆死亡

2.

天鹅的眼睛落在杯子里
就像日月落在大地上

1986

给卡夫卡
囚徒核桃的双脚

在冬天放火的囚徒
无疑非常需要温暖
这是亲如母亲的火光
当他被身后的几十根玉米砸倒
在地,这无疑又是
富农的田地

当他想到天空
无疑还是被太阳烧得一干二净
这太阳低下头来,这脚镣明亮
无疑还是自己的双脚,如同核桃
埋在故乡的钢铁里
工程师的钢铁里

1986.6.16

莫扎特在《安魂曲》中说

我所能看见的妇女
水中的妇女
请在麦地之中
清理好我的骨头
如一束芦花的骨头
把它装在琴箱里带回

我所能看见的
洁净的妇女,河流
上的妇女
请把手伸到麦地之中

当我没有希望
坐在一束麦子上回家
请整理好我那零乱的骨头
放入那暗红色的小木柜,带回它
像带回你们富裕的嫁妆

天鹅

夜里,我听见远处天鹅飞越桥梁的声音
我身体里的河水
呼应着她们

当她们飞越生日的泥土、黄昏的泥土
有一只天鹅受伤
其实只有美丽吹动的风才知道
她已受伤。她仍在飞行

而我身体里的河水却很沉重
就像房屋上挂着的门扇一样沉重
当她们飞过一座远方的桥梁
我不能用优美的飞行来呼应她们

当她们像大雪飞过墓地
大雪中却没有路通向我的房门

——身体没有门——只有手指
竖在墓地,如同十根冻伤的蜡烛

在我的泥土上
在生日的泥土上
有一只天鹅受伤
正如民歌手所唱

不幸

四月的日子　最好的日子
和十月的日子　最好的日子
比四月更好的日子
像两匹马　拉着一辆车
把我拉向医院的病床
和不幸的病痛

有一座绿色悬崖倒在牧羊人怀中
两匹马
在山上飞

两匹马
白马和红马
积雪和枫叶
犹如姐妹
犹如两种病痛
的鲜花

谣曲(四首)

之一

你是我的哥哥你招一招手
你不是我的哥哥你走你的路

小灯,小灯,抬起他埋下的眼睛

你的树丛大而黑
你的辕马不安宁
你的嘴唇有野蜜
你是丈夫——还是兄弟

小灯,小灯,抬起他埋下的眼睛

你是我的哥哥你招一招手
你不是我的哥哥你走你的路

之二

白鸽,白鸽
扎好我的头巾
风吹着你们的身子
像吹我白色头巾

白鸽白鸽你别说
美丽的脑袋小太阳
到了黑夜变月亮
白鸽白鸽你别说

之三

南风吹木
吹出花果
我要亲你
花果咬破

之四

月亮月亮慢慢亮
照着一只木头床
河流河流快快流
渡过我的心头肉

白马过河一片白

黑马过河一片黑
这一条河流
总是心头的河流

白马过河是月圆
黑马过河是月残
这一只月亮
总是床头的月亮

1986.8

给B的生日[①]

天亮我梦见你的生日
好像羊羔滚向东方
——那太阳升起的地方

黄昏我梦见我的死亡
好像羊羔滚向西方
——那太阳落下的地方

秋天来到，一切难忘
好像两只羊羔在途中相遇
在运送太阳的途中相遇
碰碰鼻子和嘴唇
——那友爱的地方
那秋风吹凉的地方
那片我曾经吻过的地方

1986.9.10

[①] B为海子的初恋女友。——编者注

我感到魅惑

天上的音乐不会是手指所动
手指本是四肢安排的花豆
我的身子是一份甜蜜的田亩

我感到魅惑
我就想在这条魅惑之河上渡过我自己
我的身子上还有拔不出的春天的钉子

我感到魅惑
美丽女儿,一流到底
水儿仍旧从高向低

坐在三条白蛇编成的篮子里
我有三次渡过这条河
我感到流水滑过我的四肢
一只美丽鱼婆做成我缄默的嘴唇

我看见,风中飘过的女人
在水中产下卵来
一片霞光中露出来的长长的卵

我感到魅惑
满脸草绿的牛儿
倒在我那牧场的门厅

我感到魅惑
有一种蜂箱正沿河送来
蜂箱在睡梦中张开许多鼻孔

有一只美丽的鸟面对树枝而坐
我感到魅惑

我感到魅惑
小人儿,既然我们相爱
我们为什么还在河畔拔柳哭泣

1986.9

怅望祁连(之一)

那些是在过去死去的马匹
在明天死去的马匹
因为我的存在
它们在今天不死
它们在今天的湖泊里饮水食盐

天空上的大鸟
从一颗樱桃
或马骷髅中
射下雪来
于是马匹无比安静
这是我的马匹
它们只在今天的湖泊里饮水食盐

1986

七月不远

——给青海湖,请熄灭我的爱情

七月不远
性别的诞生不远
爱情不远——马鼻子下
湖泊含盐

因此青海不远
湖畔一捆捆蜂箱
使我显得凄凄迷人:
青草开满鲜花

青海湖上
我的孤独如天堂的马匹
(因此,天堂的马匹不远)

我就是那个情种:诗中吟唱的野花
天堂的马肚子里唯一含毒的野花
(青海湖,请熄灭我的爱情!)

野花青梗不远,医箱内古老姓氏不远
(其他的浪子,治好了疾病
已回原籍,我这就想去见你们)

因此跋山涉水死亡不远
骨骼挂遍我身体
如同蓝色水上的树枝

啊,青海湖,暮色苍茫的水面
一切如在眼前!

只有五月生命的鸟群早已飞去
只有饮我宝石的头一只鸟早已飞去
只剩下青海湖,这宝石的尸体
暮色苍茫的水面

1986

敦煌

敦煌石窟像马肚子下
挂着一只只木桶
乳汁的声音滴破耳朵——
像远方草原上撕破耳朵的人
来到这最后的山谷
他撕破的耳朵上
悬挂着花朵

敦煌是千年以前
起了大火的森林
在陌生的山谷
是最后的桑林——我交换
食盐和粮食的地方
我筑下岩洞,在死亡之前,画上你
最后一个美男子的形象

为了一只母松鼠
为了一只母蜜蜂
为了让她们在春天再次怀孕

1986

·面朝大海　春暖花开·

九月

目击众神死亡的草原上野花一片
远在远方的风比远方更远
我的琴声呜咽　泪水全无
我把这远方的远归还草原
一个叫马头　一个叫马尾
我的琴声呜咽　泪水全无

远方只有在死亡中凝聚野花一片
明月如镜高悬草原映照千年岁月
我的琴声呜咽　泪水全无
只身打马过草原

1986

雨鞋

我的双脚在你之中
就像火走在柴中

雨鞋和羊和书一起塞进我的柜子
我自己被塞进相框,挂在故乡
那黏土和石头的房子,房子里用木生火
潮湿的木条上冒着烟
我把撕碎的诗稿和被雨打湿
改变了字迹的潮湿的书信
卷起来,这些灰色的信
我没有再读一遍
普希金将她们和拖鞋一起投进壁炉
我则把这些温暖的灰烬
把这些信塞进一双小雨鞋
让她们沉睡千年
梦见洪水和大雨

1987.1.12达县

黎明：一首小诗

黎明
我挣脱
一只陶罐
或大地的边缘

我的双手　向着河流飞翔
我挣脱一只刻画麦穗的陶罐　太阳
我看见自己的面容　火焰
在黎明的风中飘忽不定

我看见自己的面容
火焰　像一片升上天空的大海
像静静的天马
向着河流飞翔

1985草稿
1987改

九首诗的村庄

秋夜美丽
使我旧情难忘
我坐在微温的地上
陪伴粮食和水
九首过去的旧诗
像九座美丽的秋天下的村庄
使我旧情难忘

大地在耕种
一语不发,住在家乡
像水滴、丰收或失败
住在我心上

1987

粮食两节

1.

在人类的遭遇中
在远方亲人的手中
为什么有这样简朴
而单一的粮食
仿佛它饶恕了我们
仿佛以粮食的名义
它理解了我们
安慰了我们

2. 谷

"谷"字很奇怪　说粮食——"谷"
这仿佛是诗人的一句话　诗人的创造
粮食——头顶大火——下面张开嘴来

粮食　头上是火　下面或整个身躯是嘴　张开
大火熊熊的头颅和嘴
粮食

日出
——见于一个无比幸福的早晨的日出

在黑暗的尽头

太阳，扶着我站起来

我的身体像一个亲爱的祖国，血液流遍

我是一个完全幸福的人

我再也不会否认

我是一个完全的人我是一个无比幸福的人

我全身的黑暗因太阳升起而解除

我再也不会否认　天堂和国家的壮丽景色

和她的存在……在黑暗的尽头！

1987.8.30醉后早晨

水抱屈原

举着火把、捕捉落入
水的人

水抱屈原：如夜深打门的火把倒向怀中
水中之墓呼唤鱼群

我要离开一只平静的水罐
骄傲者的水罐——
宝剑埋在牛车的下边

水抱屈原：一双眼睛如火光照亮
水面上千年羊群
我在这时听见了世界上美丽如画

水抱屈原是我
如此尸骨难收

病中的酒[①]

抬起了一张病床
我的荷尔德林　他就躺在这张床上
马　疯狂地奔驰一阵
横穿整个法兰西

成为纯洁诗人、疾病诗人的象征
不幸的诗人啊
人们把你像系马一样
系在木匠家一张病床上

我不知道
在八月逝去的黄昏
二哥索福克勒斯
是否用悲剧减轻了你的苦痛

[①] 选自组诗《不幸——给荷尔德林》。——编者注

当那些姐妹和长老
举起了不幸的羊毛
燃烧的羊毛
像白雪一样地燃烧

他说——不要着急，焦躁的诸神
等一首故乡的颂歌唱完
我就会钻进你们那
黑暗和迟钝的羊角

丰足的羊角　呜呜作响的羊角
王冠和疯狂的羊角：我躺下
——"一万年太久"
只有此羊角 诗歌黑暗 诗人盲目

诗人叶赛宁（组诗）

1. 诞生

星日朗朗
野花的村庄
湖水荡漾
野花！
生下诗人

湖水在怀孕
在怀孕
一对蓓蕾
野花的小手在怀孕
生下诗人叶赛宁

野花的村庄漆黑

如同无人居住
野花,我的村庄公主
安坐痛苦的北方
生下诗人

谁家的窗户
灯火明亮
是野花,一只安详燃烧的灯
坐在泥土的灯台上
生下诗人叶赛宁

2. 乡村的云

乡村的云
故乡
你们俩是
水上的一对孩子

云朵的门啊,请为幸福的人们打开
请为幸福
和山坡上无处躲藏的忧伤的眼睛
打开!

3. 少女

少女
头枕斧头和水

安然睡去
一个春天
一朵花
一片海滩　一片田园

少女
一根伐自上帝
美丽的枝条

少女
月亮的马
两颗水滴
对称的乳房

4. 诗人叶赛宁

我是中国诗人
稻谷的儿子
茶花的女儿
也是欧罗巴诗人
儿子叫意大利
女儿叫波兰
我饱经忧患
一贫如洗
昨日行走流浪
来到波斯酒馆

别人叫我

诗人叶赛宁

浪子叶赛宁

叶赛宁

俄罗斯的嘴唇

梁赞的屋顶

黄昏的面容

农民的心

一颗农民的心

坐在酒馆

像坐在一滴酒中

坐在一滴水中

坐在一滴血中

仙鹤飞走了

桌子抬走了

尸体抬走了

屋里安坐忧郁的诗人

仍然安坐诗人叶赛宁

叶赛宁

不曾料到又一次

春回大地

大地是我死后爱上的女人

大地啊

美丽的是你

丑陋的是我

诗人叶赛宁
在大地中
死而复生

5. 玉米地

微风吹过这座小小的山冈
玉米地里棵棵玉米又瘦又小

我浇水　看着这些小小的可爱又瘦小的叶子
青青杨树叶子喧响在那一头
太阳远远地燃烧
落入一座空空的山谷

树叶是采自诸神的枪枝和婚床
圆形盾牌镌刻着无知的文字

6. 醉卧故乡

故乡的夜晚醉倒在地
在蓝色的月光下
飞翔的是我
感觉到心脏，一颗光芒四射的星辰
醉倒在地，头举着王冠
头举着五月的麦地
举着故乡晕眩的屋顶
或者星空，醉倒在大地上！

大地，你先我而醉
你阴郁的面容先我而醉
我要扶住你
大地！

我醉了
我是醉了
我称山为兄弟、水为姐妹、树林是情人
我有夜难眠，有花难戴
满腹话儿无处诉说
只有碰破头颅
霞光落在四邻屋顶
我的双脚踏在故乡的路上变成亲人的双脚
一路蹒跚在黄昏　升上南国星座
双手飞舞，口中喃喃不绝
我在飞翔
急促而深情
飞翔的是我的心脏
我感觉要坐稳在自己身上
故乡，一个姓名
一句
美丽的诗行
故乡的夜晚醉倒在地

7. 浪子旅程

我是浪子
我戴着水浪的帽子
我戴着漂泊的屋顶
灯火吹灭我
家乡赶走我
来到酒馆和城市

我本是农家子弟
我本应该成为
迷雾退去的河岸上
年轻的乡村教师
从都会师院毕业后
在一个黎明
和一位纯朴的农家少女
一起陷入情网
但为什么
我来到了酒馆
和城市

虽然我曾与母牛狗仔同歇在
露西亚天国
虽然我在故乡山冈
曾与一个哑巴

互换歌唱

虽然我二十年不吱一声

爱着你,母亲和外祖父

我仍下到酒馆——俄罗斯船舱底层

啜泣酒杯的边缘

为不幸而凶狠的人们

朗诵放荡疯狂的诗

我要还家

我要转回故乡,头上插满鲜花

我要在故乡的天空下

沉默寡言或大声谈吐

我要头上插满故乡的鲜花

8. 绝命

此刻在美丽的小镇上

苦荞麦儿香

说声分手吧

和另一位叶赛宁　双手紧紧握住

点着烛火,烧掉旧诗

说声分手吧

分开编过少女秀发的十指

秀发像五月的麦苗　曾轻轻含在嘴里

和另一位叶赛宁分手
用剥过蛇皮蒙上鼓面的人类之手
自杀身亡,为了美丽歌谣的神奇鼓面
蛇皮鼓啊如今你在村中已是泪水灯笼

说声分手吧　松开埋葬自己的十指
把自己在诗篇中埋葬
此刻在美丽的小镇上
不会有苦荞麦儿香

9. 天才

轻雷滚过的风中
白杨树梢摇动
在这个黄昏
我想到天才的命运

在此刻我想起你凡·高和韩波
那些命中注定的天才
一言不发
心情宁静

那些人
站在月亮中把头颅轻轻摇晃
手持火把,腰围面粉袋
心情宁静

暮色苍茫
永不复返的人哪
在孤寂的空无一人的打谷场上
被三位姐妹苦苦留下。

痛苦的天才们
饥渴难捱
可是河中滴水全无
面粉袋中没有一点面粉

轻雷滚过的风中
死者的鞋子,仍在行走
如车轮,如命运
沾满谷物与盲目的泥土

1986.2 ~ 1987.5

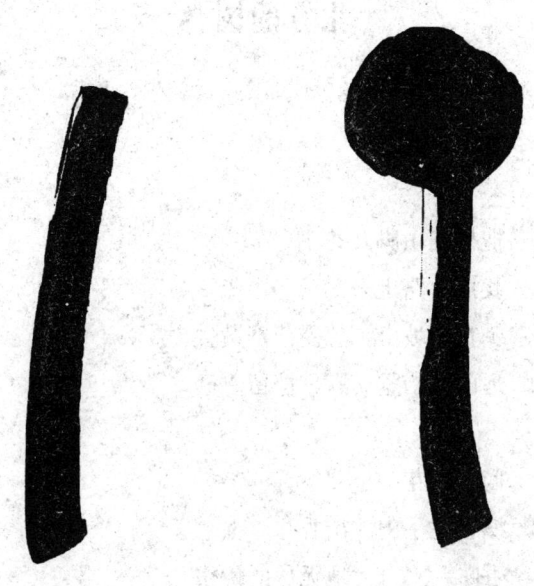

北方的树林

槐树在山脚开花
我们一路走来
躺在山坡上　感受茫茫黄昏
远山像幻觉　默默停留一会

摘下槐花
槐花在手中放出香味
香味　来自大地无尽的忧伤
大地孑然一身　至今仍孑然一身

这是一个北方暮春的黄昏
白杨萧萧　草木葱笼
淡红色云朵在最后静止不动
看见了饱含香脂的松树

是啊，山上只有槐树、杨树和松树

我们坐下　感受茫茫黄昏
莫非这就是你我的黄昏
麦田吹来微风　顷刻沉入黑暗

1987.5

灯

我们坐在灯上
我们火光通明
我们做梦的胳膊搂在一起
我们栖息的桌子飘向麦地
我们安坐的灯火涌向星辰

灯光,我明丽又温暖
的橘黄的雪
披上新娘的微黄的发辫

(灯
只有你
你仿佛无鞋
你总是行色匆匆)
灯,你的名字
掌在我手上

灯,月亮上
亮起的心
和眼睛

灯
躲在山谷
躲在北方山顶的麦地

灯啊
我们做梦的房子飘向麦田
桌子上安放求婚的杯盏
祈求和允诺的嘴唇
是灯

灯
一丛美丽
暖和
一个名字
我的秘密
我的新娘
叫小灯

灯
明天的雪中新娘

安坐在屋中
你为什么无鞋
你为什么
竖起一根通红的手指
挡住出嫁日期

1985；1987

野鸽子

当我面朝火光
野鸽子　在我家门前的细树上
吐出黑色的阴影的火焰

野鸽子
——这黑色的诗歌标题　我的懊悔
和一位隐身女诗人的姓名

这究竟是山喜鹊之巢还是野鸽子之巢
在夜色和奥秘中
野鸽子　打开你的翅膀
飞往何方？　在永久之中

你将飞往何方？！

野鸽子是我的姓名

黑夜颜色的奥秘之鸟
我们相逢于一场大火

1988.2

汉俳(节选)

1. 河水

亡灵游荡的河
在过去我们有多少恐惧
只对你诉说

3. 打麦黄昏,老年打麦者

在梨子树下
晚霞常驻

4. 草原上的死亡

在白色夜晚张开身子
我的脸儿,就像我自己圣洁的姐姐

5. 西藏

回到我们的山上去
荒凉高原上众神的火光

6. 意大利文艺复兴

那是我们劳动的时光
朋友们都来自采石场

7. 风吹

茫茫水面上天鹅村庄神奇的门窗合上

8. 黄昏

在此刻　销声匿迹的人　突然出现
他们神秘而哀伤的马匹在树下站定

9. 诗歌皇帝

当众人齐集河畔　高声歌唱生活
我定会孤独返回空无一人的山峦

1987

五月的麦地

全世界的兄弟们
要在麦地里拥抱
东方,南方,北方和西方
麦地里的四兄弟,好兄弟
回顾往昔
背诵各自的诗歌
要在麦地里拥抱

有时我孤独一人坐下
在五月的麦地　梦想众兄弟
看到家乡的卵石滚满了河滩
黄昏常存弧形的天空
让大地上布满哀伤的村庄
有时我孤独一人坐在麦地为众兄弟背诵中国诗歌
没有了眼睛也没有了嘴唇

1987. 5

麦地（或遥远）

发自内心的困扰　饱含麦粒的麦地
内心暴烈
麦粒在手上缠绕

麦粒　大地的裸露
大地的裸露　在家乡多孤独
坐在麦地上忘却粮仓　歉收或充盈的痛苦
谷仓深处倾吐一句真挚的诗　亲人的询问

幸福不是灯火
幸福不能照亮大地
大地遥远　清澈镌刻
痛苦
海水的光芒
映照在绿色粮仓上
鱼鲜撞动

沙漠之上的雪山
天空的刀刃
冰川　散开大片羽毛的光
大片的光　在河流上空　痛苦地飞翔

麦地与诗人

询问

在青麦地上跑着
雪和太阳的光芒

诗人,你无力偿还
麦地和光芒的情义

一种愿望
一种善良
你无力偿还

你无力偿还
一颗放射光芒的星辰
在你头顶寂寞燃烧

答复

麦地
别人看见你
觉得你温暖,美丽
我则站在你痛苦质问的中心

被你灼伤
我站在太阳 痛苦的芒上

麦地
神秘的质问者啊

当我痛苦地站在你的面前
你不能说我一无所有
你不能说我两手空空

1987

幸福的一日
——致秋天的花楸树

我无限地热爱着新的一日
今天的太阳　今天的马　今天的花楸树
使我健康　富足　拥有一生

从黎明到黄昏
阳光充足
胜过一切过去的诗
幸福找到我
幸福说:"瞧　这个诗人
他比我本人还要幸福"

在劈开了我的秋天
在劈开了我的骨头的秋天
我爱你,花楸树

1987

献诗
——给S

谁在美丽的早晨
谁在这一首诗中

谁在美丽的火中　飞行
并对我有无限的赠予

谁在炊烟散尽的村庄
谁在晴朗的高空

天上的白云
是谁的伴侣

谁身体黑如夜晚　两翼雪白
在思念　在鸣叫

谁在美丽的早晨
谁在这一首诗中

1987.2.11

十四行：夜晚的月亮

推开树林
太阳把血
放入灯盏

我静静坐在
人的村庄
人居住的地方

一切都和本原一样
一切都存入
人的世世代代的脸
一切不幸

我仿佛
一口祖先们

向后代挖掘的井。
一切不幸都源于我幽深而神秘的水

1985.6.19

十四行：玫瑰花园

明亮的夜晚
我来到玫瑰花园
我脱下诗歌的王冠
和沉重的土地的盔甲

玫瑰花园　玫瑰花园
我们住在绝色美人的身旁　仿佛住在月亮上
我们谈论佛光中显出的美丽身影
和雪水浇灌下你的美丽的家园

我们谈到但丁　和他的永恒的贝亚德丽丝
以及天国、通往那儿永恒的天路历程
四川，我诗歌中的玫瑰花园
那儿诞生了你——像一颗早晨的星那样美丽

明亮的夜晚　多么美丽而明亮
仿佛我们要彻夜谈论玫瑰直到美丽的晨星升起。

1987.8.26

秋日山谷

我手捧秋天脱下的盔甲
崇山峻岭大火熊熊
秋天宛若昨天的梦境
我们脱落的睫毛　在山谷变成火把

照亮百花凋零的山谷
把她们变幻无常的一生做成酒精
那是秋天的灯　凛然神采坐在远方
那是醉卧荒山野岭的我们……

……饱经四季的摧残
在山谷，我们的头颅在夜里变成明亮的灯盏和酒杯
相互照亮和祝福之后
此刻我们就要逃遁

1987

秋

用我们横陈于地的骸骨
在沙滩上写下：青春。然后背起衰老的父亲
时日漫长　方向中断
动物般的恐惧充塞着我们的诗歌

谁的声音能抵达秋之子夜　长久喧响
掩盖我们横陈于地的骸骨——
秋已来临。
没有丝毫的宽恕和温情：秋已来临

1987.8

八月之杯

八月逝去　山峦清晰
河水平滑起伏
此刻才见天空
天空高过往日

有时我想过
八月之杯中安坐真正的诗人
仰视来去不定的云朵
也许我一辈子也不会将你看清

一只空杯子　装满了我撕碎的诗行
一只空杯子　——可曾听见我的喊叫？！
一只空杯子内的父亲啊
内心的鞭子将我们绑在一起抽打

1987

八月　黑色的火把

太阳映红的旷原
垂下衰老的乳房
一如黑夜的火把

人是八月的田野上血肉模糊的火把
怀抱夜晚的五谷
遁入黑暗之中

温暖的五谷
霉烂的五谷
坐在火把上

1987

秋日黄昏

火焰的顶端
落日的脚下
茫茫黄昏　华美而无上
在秋天的悲哀中成熟

日落大地　大火熊熊　烧红地平线滚滚而来
使人壮烈　使人光荣与寿同在　分割黄昏的灯
百姓一万倍痛感黑夜来临
在心上滚动万寿无疆的言语

时间的尘土　抱着我
在火红的山冈上跳跃
没有谁来应允我
万寿无疆或早夭襁褓

相反的是　这个黄昏无限痛苦

无限漫长　令人痛不欲生
……
落日殷红

愿有情人终成眷属
愿爱情保持一生
或者相反　极为短暂　匆匆熄灭
愿我从此再不提起

再不提起过去
痛苦与幸福
生不带来　死不带去
唯黄昏华美而无上。

1987．9．3草稿
1987．10．4改

秋

秋天深了,神的家中鹰在集合
神的故乡鹰在言语
秋天深了,王在写诗
在这个世界上秋天深了
该得到的尚未得到
该丧失的早已丧失

1987

祖国(或以梦为马)

我要做远方的忠诚的儿子
和物质的短暂情人
和所有以梦为马的诗人一样
我不得不和烈士和小丑走在同一道路上

万人都要将火熄灭　我一人独将此火高高举起
此火为大　开花落英于神圣的祖国
和所有以梦为马的诗人一样
我借此火得度一生的茫茫黑夜

此火为大　祖国的语言和乱石投筑的梁山城寨
以梦为上的敦煌——那七月也会寒冷的骨骼
如雪白的柴和坚硬的条条白雪　横放在众神之山
和所有以梦为马的诗人一样
我投入此火　这三者是囚禁我的灯盏　吐出光辉

万人都要从我刀口走过去　去建筑祖国的语言
我甘愿一切从头开始
和所有以梦为马的诗人一样
我也愿将牢底坐穿

众神创造物中只有我最易朽　带着不可抗拒的死亡的
　速度
只有粮食是我珍爱　我将她紧紧抱住　抱住她　在故
　乡生儿育女
和所有以梦为马的诗人一样
我也愿将自己埋葬在四周高高的山上　守望平静家园

面对大河我无限惭愧
我年华虚度　空有一身疲倦
和所有以梦为马的诗人一样
岁月易逝　一滴不剩　水滴中有一匹马儿一命归天

千年后如若我再生于祖国的河岸
千年后我再次拥有中国的稻田　和周天子的雪山
天马踢踏
和所有以梦为马的诗人一样
我选择永恒的事业

我的事业　就是要成为太阳的一生
他从古至今——"日"——他无比辉煌无比光明

和所有以梦为马的诗人一样
最后我被黄昏的众神抬入不朽的太阳

太阳是我的名字
太阳是我的一生
太阳的山顶埋葬　诗歌的尸体——千年王国和我
骑着五千年凤凰和名字叫"马"的龙——我必将失败
但诗歌本身以太阳必将胜利

1987

一滴水中的黑夜

一滴水中的黑夜
一滴泪水中的全部黑夜

一滴无名的泪水
在乡村长大的泪水
飞在乡村的黑夜
山坡上,几棵冬天的草

看见四海龙王　在黄昏之后
举起一片淹没了野鸽子的
漆黑的像黑夜的海水
一样的天空

海水把你推上岸来
一滴水中的黑夜
推到我的怀抱

朝夕相伴,如痴如醉

一滴泪水有她自己的笑容
就像黑夜中闪闪的星星
这些陌生人系好了自己的马
在女王广大的田野和树林

1988.2.11

夜色

在夜色中
我有三次受难：流浪、爱情、生存
我有三种幸福：诗歌、王位、太阳

1988.2.28夜

生日

起风了
太阳的音乐　太阳的马

你坐在近处　坐在远方
像鱼群跟着渔夫　长出了乳房
葡萄牙村庄　长出了乳房
牧羊人的皮鞭　长出了乳房

当我们住在秋天
大地上刮起了秋风
秋天的雨　一阵又一阵
你坐在近处　坐在远方

那时我们多么寂寞
多么遥远啊？

而现在是生日
我点亮烛火点亮新娘的两只耳朵
其他的人和马的耳朵
竖在北方——那一夜的屋顶

1988．5删

太阳和野花
——给AP

太阳是他自己的头
野花是她自己的诗

我对你说
你的母亲不像我的母亲

在月光照耀下
你的母亲是樱桃
我的母亲是血泪

我对天空说
月亮,她是你篮子里纯洁的露水
太阳,我是你场院上发疯的钢铁

太阳是他自己的头

野花是她自己的诗
在一株老榆树的底下
平原上
流过我的骨头

在猎人夫妻的眼中　在山地
那自由的尸首
淌向何方

两位母亲在不同的地方梦着我
两位女儿在不同的地方变成了母亲
当田野还有百合，天空还有鸟群
当你还有一张大弓、满袋好箭
该忘记的早就忘记
该留下的永远留下

太阳是他自己的头
野花是她自己的诗

总是有寂寞的日子
总是有痛苦的日子
总是有孤独的日子
总是有幸福的日子
然后再度孤独

是谁这么告诉过你:
答应我
忍住你的痛苦
不发一言
穿过这整座城市
远远地走来
去看看他　去看看海子
他可能更加痛苦
他在写一首孤独而绝望的诗歌
死亡的诗歌

他写道:
平原上
流过我的骨头
当高原的人　在榆树底下休息
当猎人和众神
或起或坐,时而相视,时而相忘
当牛羊和牛羊在草上
看见一座悬崖上
牧羊人堕下,额角流血
再也救不活他了——
他写道:
平原上
流过我的骨头

这时,你要
去看看他

答应我
忍住你的痛苦
不发一言
穿过这整座城市

那个牧羊人
也许会被你救活
你们还可以成亲
在一对大红蜡烛下
这时他就变成了我
我会在我自己的胸脯找到一切幸福
红色荷包、羊角、蜂巢、嘴唇
和一对白色羊儿般的乳房

我会给你念诗:
太阳是他自己的头
野花是她自己的诗

到那时　到那一夜
也可以换句话说:
太阳是野花的头
野花是太阳的诗

　　　　他们只有一颗心
　　　　他们只有一颗心

　　　　　　　　　　　　1988．5．16夜
　　　　　　　　　删1986年以来许多旧诗稿而得

酒杯:情诗一束

1. 火热的嘴唇

两万只酒杯从你诞生
万物的疾病从你诞生

2. 月亮

沉默的活着的镰刀形的火光
似一颗焚烧的头颅在荒野滚动
沉默的活着的镰刀形的牧场
神秘、寒冷而寂静

3. 乳房

埃及的河水
在埃及的子夜
——这黑夜的酒

这黑夜的酒　变成我的双手

4. 盲目

手在果园里
就不再孤单
两只自己的手
在怀孕别的手

5. 火热的嘴唇

那是花朵　那是头颅做成的酒杯
酒杯在草原上轻轻碰撞
盛满酒精的头颅空空荡荡

火苗熏黑的山梁
帐篷诞生又死亡

火灾中升起的灯光　把大地照亮

栽枣树

1.

三婆婆没有孩子
她栽下枣树

2.

老人栽枣树
能占有一小块安眠的地方
这是习俗
效力在人们的相信中
和这个村子一样
古老得不会死亡
（远方也可能有片枣林
是关于青春的
目前这儿没有）

三婆婆默默地栽下枣树
不要人帮忙,没有人帮忙

3.

栽下枣树

这个瘦弱的故事就这样栽下了
纺车是中心
旁枝不多
顶多牵连一个瘸男人

她端出灶灰
端出整个一生
撒在枣树周围

栽下了枣树

4.

什么时辰
什么人来收枣
善良的枣

海底卧室

月亮，喂养耳朵的宝石

杯子，水中的鸡群

草，那嘴唇的发动——花朵

日子，闪电中的七人

原野，用木头送礼

天空，空中散布的白云之药，活动着母亲之卧室

星星，黑色寨子中的夫人，众夫人，胳膊刺花

火种，一只老虎游过皮肤，露出水面

1988. 9

远方

远方除了遥远一无所有

遥远的青稞地
除了青稞　一无所有

更远的地方　更加孤独
远方啊　除了遥远　一无所有

这时　石头
飞到我身边

石头　长出　血
石头　长出　七姐妹

站在一片荒芜的草原上

那时我在远方
那时我自由而贫穷

这些不能触摸的　姐妹
这些不能触摸的　血
这些不能触摸的　远方的幸福
远方的幸福　是多少痛苦

*1988.8.19*萨迦夜，*21*拉萨

在大草原上预感到海的降临

我的双手触到草原,
黑色孤独的夜的女儿。

我为我自己铺下干草
夜的女儿,我也为你。

牧羊女打开自己——
一只黑色的羊
蹲伏在你的腹部。

多么温暖的火红的岩石
多么柔软地躺在马车上
月亮形的马,进入了海底。

一夜之间,草原是如此遥远,如此深厚,如此神秘。
海也一样。

一夜之间，
草贴着地长，
你我都是草中的羊。

1988(?)11.20

黑翅膀

今夜在日喀则,上半夜下起了小雨
只有一串北方的星,七位姐妹
紧咬雪白的牙齿,看见了我这一对黑翅膀

北方的七星　照不亮世界
牧女头枕青稞独眠一天的地方今夜满是泥泞
今夜在日喀则,下半夜天空满是星辰

但夜更深就更黑,但毕竟黑不过我的翅膀
今夜在日喀则,借床休息,听见婴儿的哭声
为了什么这个小人儿感到委屈?是不是因为她感到了
　黑夜中的幸福

愿你低声啜泣　但不要彻夜不眠
我今夜难以入睡是因为我这双黑过黑夜的翅膀
我不哭泣　也不歌唱　我要用我的翅膀飞回北方

飞回北方　北方的七星还在北方
只不过在路途上指示了方向，就像一种思念
她长满了我的全身　在烛光下酷似黑色的翅膀

1988.7(?)

七百年前

七百年前辉煌的王城今天是一座肮脏的小镇
当年我打马进城　手提一袋青稞
当年我用一袋青稞换取十八颗人头
还有九颗，葬在城中，下落不明

在山洞里十二只野兽梦想变成老鹰，齐声哀鸣
这是山顶上最后的山洞梦想着天空
突然有一种感觉，好像还是在又饥又饿地走在路上
在幽暗中我写下我的教义，世界又变得明亮

1988.8.18

西藏

西藏，一块孤独的石头坐满整个天空
没有任何夜晚能使我沉睡
没有任何黎明能使我醒来

一块孤独的石头坐满整个天空
他说：在这一千年里我只热爱我自己

一块孤独的石头坐满整个天空
没有任何泪水使我变成花朵
没有任何国王使我变成王座

1988.8

青海湖

这骄傲的酒杯
为谁举起
荒凉的高原

天空上的鸟和盐　为谁举起

波涛从孤独的十指退去
白鸟的岛屿，儿子们围住
在相距遥远的肮脏镇上。

一只骄傲的酒杯
青海的公主　请把我抱在怀中
我多么贫穷，多么荒芜，我多么肮脏
一双雪白的翅膀也只能给我片刻的幸福

我看见你从太阳中飞来

蓝色的公主　青海湖
我孤独的十指化为天空上雪白的鸟

1988.7.25

绿松石

这时候　绿色小公主
来到我的身边。
青海湖，绿色小公主
你曾是谁的故乡
你曾是谁的天堂？
当一只雪白的鸟
无法用翅膀带走
人类的小镇
——它留在肮脏的山梁。

和水相比　土地是多么肮脏而荒芜
绿色小公主抹去我的泪水，
说，你是年老的国土上
一位年轻的国王，老年皇帝会伏在你的肩头死去。
土地张开又合拢。

1988.7.24

山楂树

今夜我不会遇见你
今夜我遇见了世上的一切
但不会遇见你

一棵夏季最后
火红的山楂树
像一辆高大女神的自行车
像一个女孩　畏惧群山
呆呆站在门口
她不会向我
跑来!

我走过黄昏
像风吹向远处的平原
我将在暮色中抱住一棵孤独的树干
山楂树!一闪而过　啊!山楂

我要在你火红的乳房下坐到天亮。
又小又美丽的山楂的乳房
在高大女神的自行车上
在农奴的手上
在夜晚就要熄灭

1988.6.8~10

日记

姐姐,今夜我在德令哈,夜色笼罩
姐姐,我今夜只有戈壁

草原尽头我两手空空
悲痛时握不住一颗泪滴
姐姐,今夜我在德令哈
这是雨水中一座荒凉的城

除了那些路过的和居住的
德令哈……今夜
这是唯一的,最后的,抒情。
这是唯一的,最后的,草原。

我把石头还给石头
让胜利的胜利
今夜青稞只属于她自己

一切都在生长
今夜我只有美丽的戈壁　空空
姐姐，今夜我不关心人类，我只想你

　　　　　　　　　　　1988．7．25火车经德令哈

无名的野花

看不见你,十六岁的你
看不见无名的,芳香的
正在开花的你。

看不见提着鞋子　在雨中
走在大草原上的
恍惚的女神

看不见你,小小的年纪
一身红色地走在
空荡荡的风中

来到我身边,
你已经成熟,
你的头发垂下像黑夜。
我是黑夜中孤独的僧侣

埋下种籽在石窟中，
我将这九盏灯
嵌入我的肋骨。

无论是白色的还是绿色的
起自天堂或地府的
青海湖上的大风
吹开了紫色血液
开上我的头颅，
我何时成了这一朵
无名的野花？

1988.11.2

花儿为什么这样红

透过泪水看见马车上堆满了鲜花。

豹子和鸟,惊慌地倒下,像一滴泪水
——透过泪水看见
马车上堆满了鲜花。

风,你四面八方
多少绿色的头发,多少姐妹
挂满了雨雪。

坐在夜王为我铺草的马车中。

黑夜,你就是这巨大的歌唱的车辆
围住了中间
说话的火。

一夜之间，草原如此深厚，如此神秘，如此遥远
我断送了自己的一生
在北方悲伤的黄昏的原野。

1988.11.20

上山的孩子

（一）

野草和碎石
在我诞生之前
就在这里布置了几道山梁
让鲜花枯萎
把庄稼和村子远远推开
只让人们从远处看
在远处称赞自己

一个男孩
因为自己的年龄和一个故事
来到山口
他要用脚去测量群山的坡度和距离
因而他在一个晚上长大

那时他使一群狼

认识到什么是人

什么是男子汉

我就是男子汉

累了,我靠着群山

看着太阳升起又落下

看着主峰放出一只只小雀在天空打旋

留下的声音安慰着不平的山路

和山路上的虫子

我的愿望是在最高的峰顶

放一块石头

我要添加山的创造

(二)

我喜爱山冈

山岗就是山冈

总要窒息道路的伸展

但不使人胆怯

我向着青山就是向着母亲

弓着腰

让地母的支撑

对抗惯性和力量

就这样

兜满黄昏的风

裤管正奋力托举一枚太阳

在山腰上升
是我年青的脸
于是　我把呼吸呼成光芒
向周围扩散热气

一道细泉朝我跑来
我把清凉的旋律糅进我的思索
我更加深信
有水的地方
就有青草和果实
就应该有村庄
中午，我成了这村庄的主人

·面朝大海　春暖花开·

遥远的路程
十四行献给89[①]年初的雪

我的灯和酒坛上落满灰尘
而遥远的路程上却干干净净
我站在元月七日的大雪中,还是四年以前的我
我站在这里,落满了灰尘,四年多像一天,没有变动
大雪使屋子内部更暗,待到明日天晴
阳光下的大雪刺痛人的眼睛,这是雪地,使人羞愧
一双寂寞的黑眼睛多想大雪一直下到他内部

雪地上树是黑暗的,黑暗得像平常天空飞过的鸟群
那时候你是愉快的,忧伤的,混沌的
大雪今日为我而下,映照我的肮脏
我就是一把空空的铁锹

---

① 指1989年。——编者注

铁锹空得连灰尘也没有
大雪一直纷纷扬扬
远方就是这样的，就是我站立的地方

1989.1.7

面朝大海,春暖花开

从明天起,做一个幸福的人
喂马,劈柴,周游世界
从明天起,关心粮食和蔬菜
我有一所房子,面朝大海,春暖花开

从明天起,和每一个亲人通信
告诉他们我的幸福
那幸福的闪电告诉我的
我将告诉每一个人

给每一条河每一座山取一个温暖的名字
陌生人,我也为你祝福
愿你有一个灿烂的前程
愿你有情人终成眷属
愿你在尘世获得幸福
我只愿面朝大海,春暖花开

1989.1.13

折梅

站在那里折梅花
山坡上的梅花
寂静的太平洋上一封信
寂静的太平洋上一人站在那里折梅花

折梅人在天上
天堂大雪纷纷　一人踏雪无痕
天堂和寂静的天山一样
大雪纷纷
站在那里折梅
亚洲，上帝的伞
上帝的斗篷，太平洋
太平洋上海水茫茫
上帝带给我一封信
是她写给我的信
我坐在茫茫太平洋上折梅，写信

1989.2.3

神秘的二月的时光

噙住泪水,在神秘的
二月的时光

神秘的二月的时光
经过北方单调的平原
来到积雪的山顶
群山正在下雪
山坳中梅树流淌着今年冬天的血
无人知道的,寂静的鲜血

1989.2

黎明（之一）

（阿根廷请不要为我哭泣）

我的混沌的头颅
是从哪里来的
是从哪里来的运货马车，摇摇晃晃
不发一言，经过我的山冈
马车夫像上帝一样，全身肮脏
伏在自己的膝盖上
抱着鞭子睡去的马车夫啊
抬起你的头，马车夫
山冈上天空望不到边
山冈上天空这样明亮
我永远是这样绝望
永远是这样

1989.2.21

黎明（之二）

（二月的雪，二月的雨）

我把天空和大地打扫干干净净
归还给一个陌不相识的人
我寂寞地等，我阴沉地等
二月的雪，二月的雨

泉水白白流淌
花朵为谁开放
永远是这样美丽负伤的麦子
吐着芳香，站在山冈上

荒凉大地承受着荒凉天空的雷霆
圣书上卷是我的翅膀，无比明亮
有时像一个阴沉沉的今天
圣书下卷肮脏而欢乐
当然也是我受伤的翅膀

荒凉大地承受着更加荒凉的天空

我空荡荡的大地和天空
是上卷和下卷合成一本
的圣书，是我重又劈开的肢体
流着雨雪、泪水在二月

1989.2.22

四姐妹

荒凉的山冈上站着四姐妹
所有的风只向她们吹
所有的日子都为她们破碎

空气中的一棵麦子
高举到我的头顶
我身在这荒芜的山冈
怀念我空空的房间,落满灰尘

我爱过的这湖涂的四姐妹啊
光芒四射的四姐妹
夜里我头枕卷册和神州
想起蓝色远方的四姐妹
我爱过的这湖涂的四姐妹啊
像爱着我亲手写下的四首诗
我的美丽的结伴而行的四姐妹

比命运女神还要多出一个
赶着美丽苍白的奶牛　走向月亮形的山峰

到了二月，你是从哪里来的
天上滚过春天的雷，你是从哪里来的
不和陌生人一起来
不和运货马车一起来
不和鸟群一起来

四姐妹抱着这一棵
一棵空气中的麦子
抱着昨天的大雪，今天的雨水
明日的粮食与灰烬
这是绝望的麦子
请告诉四姐妹：这是绝望的麦子
永远是这样
风后面是风
天空上面是天空
道路前面还是道路

1989.2.23

酒杯

你的泪水为我洗去尘土和孤独
你的泪水为我在飞机场周围的稻谷间珍藏
酒杯,你这石头的少女,你这石头的牢房,石头的伞

酒,石头的牢房囚禁又释放的满天奔腾的闪电
昨天一夜明亮的闪电使我的杯子又满又空
看哪!河水带来的泥沙堆起孤独的房屋

看哪!你的房子小得像一只酒杯
你的房子小得像一把石头的伞

多云的天空下　潮湿的风吹干的道路
你找不到我,你就是找不到我,你怎么也找不到我
在昔日山坡的羊群中

酒杯,你是一间又破又黑的旧教室
淹没在一片海水

1989(?)1.14

纸鸢

你不是真的
因此很高。很飘逸
比流浪客还要飘逸

你自由的程度
等于线的长度
挣脱了,也有一条未蜕化的尾巴

你以为是在放牧白云
谁知是风放牧你

总有一天
你不能拒绝土地的邀请

春天,十个海子

春天,十个海子全部复活
在光明的景色中
嘲笑这一个野蛮而悲伤的海子
你这么长久地沉睡究竟为了什么?

春天,十个海子低低地怒吼
围着你和我跳舞、唱歌
扯乱你的黑头发,骑上你飞奔而去,尘土飞扬
你被劈开的疼痛在大地弥漫

在春天,野蛮而悲伤的海子
就剩下这一个,最后一个
这是一个黑夜的孩子,沉浸于冬天,倾心死亡
不能自拔,热爱着空虚而寒冷的乡村

那里的谷物高高堆起,遮住了窗户

他们把一半用于一家六口人的嘴，吃和胃
一半用于农业，他们自己的繁殖
大风从东刮到西，从北刮到南，无视黑夜和黎明
你所说的曙光究竟是什么意思

1989.3.14凌晨3点~4点

太平洋上的贾宝玉

贾宝玉　太平洋上的贾宝玉
太平洋上：粮食用绳子捆好
贾宝玉坐在粮食上

美好而破碎的世界
坐在食物和酒上
美好而破碎的世界，你口含宝石
只有这些美好的少女，美好而破碎的世界，旧世界
只有茫茫太平洋上这些美好的少女
太平洋上粮食用绳子捆好
从山顶洞到贾宝玉用尽了多少火和雨

1989

小树林

坐那儿你在手帕上画了几株树
铺在这里
压上几个小石子
要过行军水壶
你往周围浇了点水
你相信
下山时我们
就可以在这片小林子里野炊

太平洋的献诗

太平洋　丰收之后的荒凉的海
太平洋　在劳动后的休息
劳动以前　劳动之中　劳动以后
太平洋是所有的劳动和休息

茫茫太平洋　又混沌又晴朗
海水茫茫　和劳动打成一片
和世界打成一片
世界头枕太平洋
人类头枕太平洋　雨暴风狂
上帝在太平洋上度过的时光　是茫茫海水隐含不露的
　希望

太平洋没有父母　在太阳下茫茫流淌　闪着光芒
太平洋像是上帝老人看穿一切、眼角含泪的眼睛

眼泪的女儿,我的爱人
今天的太平洋不是往日的海洋
今天的太平洋只为我流淌　为着我闪闪发亮
我的太阳高悬上空　照耀这广阔太平洋

1989.2.2

黑夜的献诗
献给黑夜的女儿

黑夜从大地上升起
遮住了光明的天空
丰收后荒凉的大地
黑夜从你内部上升

你从远方来,我到远方去
遥远的路程经过这里
天空一无所有
为何给我安慰

丰收之后荒凉的大地
人们取走了一年的收成
取走了粮食骑走了马
留在地里的人,埋得很深

草杈闪闪发亮,稻草堆在火上
稻谷堆在黑暗的谷仓
谷仓中太黑暗,太寂静,太丰收
也太荒凉,我在丰收中看到了阎王的眼睛

黑雨滴一样的鸟群
从黄昏飞入黑夜
黑夜一无所有
为何给我安慰

走在路上
放声歌唱
大风刮过山冈
上面是无边的天空

1989.2.2

太阳·诗剧（片断）

司仪（盲诗人）

多少年之后　我梦见自己在地狱作王

我走到了人类的尽头
也有人类的气味——
在幽暗的日子中闪现
也染上了这只猿的气味
和嘴脸。我走到了人类的尽头
不像但丁，这时候没有闪耀的
星星。更谈不上光明
前面没有人身后也没有人
我孤独一人
没有先行者没有后来人
在这空无一人的太阳上
我忍受着烈火
也忍受着灰烬。

我走到了人类的尽头
我还爱着。虽然我爱的是火
而不是人类这一堆灰烬。
我爱的是魔鬼的火　太阳的火
对于无辜的人类　少女或王子
我全都蔑视或全都憎恨

我走到人类的尽头
也有人类的气味——
我还爱着。在人类尽头的悬崖上那第一句话是：
一切都源于爱情。
一见这美好的诗句
我的潮湿的火焰涌出了我的眼眶
诗歌的金弦踩瞎了我的双眼
我走进比爱情更黑的地方
我必须向你们讲述　在那最黑的地方
我所经历和我看到的
我必须向你们讲述
在空无一人的太阳上
我怎样忍受着烈火
也忍受着人类灰烬

我走到了人类的尽头
也有人类的气味——
我还爱着：一切都源于爱情。

在人类尽头的悬崖上
我又匆匆地镌刻第二行诗:
爱情使生活死亡。真理使生活死亡
这样,我就听到了光辉的第三句:
与其死去!不如活着!
我是在我自己的时刻说出这句话
我是在我的头盖上镌刻这句话
这是我的声音　这是我的生命
上帝你双手捧着我像捧着灰烬

我要在我自己的诗中把灰烬歌唱
变成火种。与其死去!不如活着!
在我的歌声中,真正的黑夜来到
一只猿在赤道中央遇见了太阳。

那时候我已被时间锯开
那神。经过了小镇　处死父亲
留下了人类　留下母亲
故事说:就是我
我将一路而来
解破人类谜底
杀父娶母。生下儿女
——那一串神秘的鲜血般花环
脱落于黑夜女人身下。
一切都不曾看见

一切都不曾经历
一切都不曾有过
一切都不存在。

人类母亲啊——这为何
为何偏偏是你的肉体
我披镣带铐。有一连串盲目
荷马啊。我们都手扶诗琴坐在大地上
我们都是被生存的真实刺瞎了双眼。
人，给我血迹　给我空虚。
我是擦亮灯火的第一位诗歌皇帝
至今仍悲惨地活在世上
在这无边的黑夜里——
我的盲目和琴安慰了你们
而他，他是谁？
仿佛一根骷髅在我内心发出的微笑

我们　活到今日总有一定的缘故　兄弟们
我们在落日之下化为灰烬总有一定的缘故
我们在辗碎我们的车轮上镌刻了多少易朽的诗？
又有谁能记清　每个人都有一条命
——活到今日。我要问。是谁活在我的命上
是谁活在我的星辰上，我的故乡？
是谁活在我的周围、附近和我的身上？
这是些什么人　或什么样的东西？！